斑馬線
Zebra crossing

灰澀集

趙文豪——著

默數著點亮黑暗的燈
在通往以前，抽出所有對於現實的無力
就像抽乾血液的軀體
攤平在道路上，
只凸出一塊心頭梗塞的結。
那裡逐漸成爲山岩
養育出一座森林
逐漸擴張成一片天空
穿出隧道：當風吹拂時

目錄

二、遷居以後 069

三、困境　133

一

沒有什麼，卻什麼都有

一位青年舞蹈家的雕像

——致羅曼菲

世界很久沒有靜得如此
你偷偷說了幾件不被醫師允許的小習慣
以指節作為重心——不斷旋轉
四處飄零的汗，滴滴
答答，刻意忽略病榻前靜滯的時間
將腳跟盡情寫進自己的敘事裡
對譯未必能夠用語言說出的事

在理想的黃昏，我們仍在路中
佯裝邊界只是遠去
平凡無奇的日常，寒冷的日子

河岸邊，捲起思念的雪
或許成為刺痛的針

我們的夜色，終究不屬於我們
「因為受傷讓我們學得更好」
或許遠去，對於文明依然感到困惑
小心精算每一杯水的水位
秘密抄算每一個姿勢
日子依然等待自己的回音

就算最後要孤身離去
讓自己一句話也不剩
毫無保留，在不斷聚集的人潮中離開，逆行
每每總是。背對慶典的花火。選擇孤獨
選擇沉默，選擇不置可否的一吋燈光

我們只是換個地方睡去，像一場等待醒來的
夢，昨晚沾手的酒精氣味
不斷延伸。與荒丘對峙。已然成流

• 成長在蘭陽平原的羅曼菲，自小接觸舞蹈，儘管求學過程選擇外文系。畢業後隻身到紐約習舞，回國接獲林懷民邀請進入雲門，後來受了大傷，卻是最重要的成長，也影響未來鼓舞學生，對於世界保持好奇與熱情的初心。

走進林葉窸窣的黑夜裡

走進林葉窸窣的黑夜裡
風一吹拂，讓我想起靜得
輕得就要睡去的車廂。
有人一臉倦容，有人安穩睡去
望向窗外，現實不曾後退
日子不斷進逼在軌道上

偶爾喘不過氣，偶爾忍氣吞聲
偶爾不小心驚醒的一頓首
就像灑落的風聲
爸媽睡得搖搖晃晃，

依然抱緊著寶貝；
有人把臉皺得像城外的海
讓我想起那年穿過
林葉窸窣的黑夜

明天還要多長
你也知道
有太多事，我們不能表現出來
只能壓抑成看似日常的風聲
內心已波瀾似海——
隨意捲起，就夠淹沒來生的路

你也知道，今天還剩多長
沒有力氣再去解釋接下來的路
把該有的季節

放置在對號的座位
順著時間，等著歸途
穿過像黑夜的時光
遠方投射而來

生活，相對而言

生活有時讓人猶豫
比如進入夢境前，那充滿毛邊的
心事棉絮般輕。
經常壓得人輾轉淪陷
卻等著有人撈起，經過層層期待
或許他對你說：
「別想太多，不要難過」

於是我們躲進了生活本身
找著出口：那些難以徹底言喻的情緒
「算了。」你最後輕如鴻毛的說著

在每一次捷運的環狀線裡
你開始重新打理生命的意義
擠兌的人潮撞得你滿懷
我們都只是努力的過好日子
想讓自己看起來更好，
擠兌臉頰——露出笑容

儘管生活依然讓人猶豫
時刻蔓延出遠走他方的選擇，
猶豫我們不斷失去
卻仍可以用力抱緊一切
即便沒有回聲：
我們。還要好好的。

日子就像壞掉的罐頭

有時日子就像壞掉的罐頭奇臭難耐，令人不想再與世界多作交談，直到我做了一瓶新的罐頭以前。看著流理台上，把富士蘋果、西洋梨、愛文芒果用西瓜刀切得方方正正，一個個黃澄澄、白閃閃、亮晶晶，言端體正，四通八達、八面玲瓏。

想起一整天沒錢吃飯，肚子裏像有搖鈴般地提醒我送餐去。想用著指尖摸著我的大肚腩，劃了一圈又一圈，突然感到有些濕潤……低頭一看，我的手指全化為鋒利的刀片，我劃破自己的肚皮，鮮血直流，低頭看去，肚裡還有一顆停止轉動的地球儀。

不停告訴自己，我還活著，世界還在等我撲通撲通的：轉動，罐頭原本晴朗的車廂，突然降起大雨。乘客一個個融化，像在便利商店裡失溫的冰櫃：繽紛的糖水，彼此像不斷混色的水彩顏料。以為是夢，捏了自己像捏下脆筒餅乾般，想起每天不斷談起相同的事，不斷在事後提供解釋，不斷為盛裝冰淇淋球而高舉，各種單方面的理由。我的惡來自禁止跨越而糖蜜的痛，有時與孤獨交錯。像一本刻意設計的詩集，線條分明。

他們來自各種膚色，各種風景所聆聽的身體。回到失去的地方，汨流的河，像萬千條的臂膀，奮力滑動浪尖。挖掘自己飽漲的軀幹

光影

於是你習慣了一個人
一個人微笑，一個人跳舞
最近還練習去走進人群中

但你仍害怕走回某些道路
充滿想像，尤其隨著景像倒退
默默被回憶吞沒
因為怕人問，所以用力歡笑

用如常的笑容粉飾波濤的心情
低著頭，快步往前

穿過一個又一個的隧道

默數著點亮黑暗的燈
在通往以前，抽出所有對於現實的無力
就像抽乾血液的軀體
攤平在道路上，
只凸出一塊心頭梗塞的結。
那裡逐漸成為山岩
養育出一座森林
逐漸擴張成一片天空，
穿出隧道：當風吹拂時
千百株白葦草擺動
西西蘇蘇。

於是你習慣了一個人

一個人走路，一個人爬山
不必太多言語的問候
只要一抹微笑。西西蘇蘇，
我們都懂就好

遠聲

一個人走進安靜的樹林裡
沒有猶豫，但因為陌生
也不敢義無反顧的走快
很快的，我找到這座森林的呼吸
安安靜靜，聽風聲鳥鳴
還有遠方的流水：緩緩
流過的時間。我閉起眼
想像人來人往車水馬龍

閃避突如其來的碰撞
肩膀被突出的枝幹擦傷了

踩碎了堆積已久的落葉堆
我像突然走失方向的候鳥
像找不到語言的凱爾特人

天色轉暗，突然的閃電
雨勢，沖洗了我不知所措的底片
突然不認識眼前的道路
直到一把枝幹垂了下來
用樹葉抱懷著我
終於安心的躺下

等到雨勢散去
好像這座森林做好了記號
在城市移居過來以前
留著名之為鄉愁的名詞

無飽春

喘不過氣。在純白色的棉T沾了
一滴如葡萄汁的暗紅色
緩緩滲透，我開始不斷低下頭用力擦拭
搓揉，甚至加了一滴水
於是連整排的牙齒都開始感到
酸澀。我想著身邊的人如果留意
他們的交頭接耳都是批評。

從此我將不甚完美
於是開始左右擺渡，
昨天與今天的不同：

結果沒有明天了。
而脖子是足夠悶騷的
不斷搖來晃去，死來活去
睡過來又醒過去。
結果沒有明天了。
從前的我只了結於現在
低著頭，看清楚家鄉的地址
始終找不到家中的門牌
不小心離開了，
就再也走不回家了

你的焦躁如鬼匯聚成我沉默的海

今晚深夜有一場降下來的海，你不甘只是坐困危城的雨，被輕易當作窗邊風景。請我把你撕碎，撕成一本藍絲雀，飛向天空擁入身樓。這時，從雲端降下絨絨雪絮，像錄音卡帶裡鬆脫的帶子：一絲一絲、蹦蹦跳跳。人們準備朗誦一首像海的句子，聲音垂釣為線：緩緩、探詢，在狡獪的山谷裡，一千雙石化的眼珠裡之一，透亮如玻璃球的眼珠，閃閃發光，藏匿在野草遍野的腮頰裡，我知道。你，不甘平凡的語，直到濺在地上，皺起了時光的紋

平凡裡而未被揭開的疤

彷彿末班的車廂註定空蕩蕩。鐵道是音聲的河，每個動作都充滿回響；我想，「任何事理應都有回饋吧。」

我拿了第一次領到的薪水，相約鋼鐵人、蜘蛛俠，還有義賊廖添丁稍晚到酒吧慶祝我們小小功業。迎面而來一位黃紅色條紋套裝的麥當勞女士，畫著厚厚的妝。直到關起門，我們不斷看著彼此的眼，進入彼此的黑洞……淚水漸漸從隧道底部滲出，潮高得讓我們只看到彼此的臉。我拿出面紙給她擦臉，她竟把五官擦去，我急忙地將自己的五官還她

像舌尖上被咬下的一塊肉

這世界看起來累壞了。手無寸鐵地讓光陰推移時間的零件，讓我們熱切地將眼前的人當作圓心，熱切的轉動，擴大圓弧上的截角，最後裁去那些關於自己的細縫。

我想起認真以待我們眼前的生活，以及別人所看待的我們。我想起，曾看過幾次，黎明醒起的城市緩緩掀去黑夜，也緩緩掀去我們默數的曆書，又是一天——接著過年、過節，聖誕節、所謂偉人與自己心愛的那些誕辰紀念日。

確實有點棘手。

直到最後，最後裁去所有關於生命的細縫。

那些名之為愛的

這世界經常吻痛了我，在憂鬱到不能我的時刻
為了找尋答案，我帶著一把吉他騎上山
「你認為什麼是愛」
繞過村莊
繞過月光與繁星

來到部落裡遇見一位孩子
我問他愛是什麼，他抓住我的手
攤開，從他們家族的故事
畫出這座大武山

從我的手心裡生出千山萬嶺
到手肘的峭壁

我知道自己的手肘有點瘦
沒辦法讓你盡情的建築各種通道
讓更多的遊人來訪
所以你的畫筆爬到我的肩膀上
用去眺望山下的市集風景
從霧起到霧散去

這裡就是屬於我們的天空。
想起上次擱在喉頭的話
慢慢組成一句又一句
聽著山裡的法則
本能地彈起一首靈巧的歌

將錯縱的情節安置進去

像一條條鄉間小路
或許蜿蜒，但都是一條途徑
通往另一個方向
從左到右，孩子牽著我的手
走進他的生活，那些名之為家
而習之為常的味道
那些名之所以為愛的

當一個人來到異國的第一件事，就是把自己放在一間連鎖速食店

當再也沒辦法負擔一枚笑容的時候
寧可世界不要再再轉動，
永遠也不要有準點的班次與鬧鈴
提醒著要有人離開，有人要出發
我怕日子過得太快
再也追不上自己的生活；

所以在興之所至的時候，
將指甲畫得鮮豔繽紛，
還有一枚大紅唇，

（只是因為不太喜歡笑
經常被貼標籤。）

我只是裝上另一個靈魂的齒輪
摩天輪、旋轉木馬——整個出口
仍不會因此轉動，
還有找不到宇宙的鬼屋
我們經常只能見到對方的鬼
再也見不到自己的人
後來，我們都成為對方的鬼了

我怕日子過太快
還來不及遺憾，
來不及記下笑容的本事，
我們的時間像個身世的秘密

註定寂寞，選擇將情緒
深陷在眼前的大海裡
透過一步一步的足印
把自己的靈魂踩進路裡

當一個人來到異國的第一件事
就是把自己放在一間連鎖速食店
直到胸膛跑出火車，那裡沒有遊人
空有鳴笛與鬼，還有軌道
而沒有人在路上

遠足

——青春不小心弄拙成巧，我們都成了自己的唯一

夢是日子裡發光的鹿
在吹堆成雪的時間
指認著那些岔出的路；
歲月經常是猝不及防的旅行
一首技巧青澀卻最純真的詩
或許終究沒有人懂

例如每當跨年那夜
像一個糊里糊塗的玩笑
我們盛大的準備這個慶典
盛大的笑聲像上千朵含苞待放的花
等著點燃的夜空寫成熱鬧的一片風景

——度過這個魔術時刻，
眼前的人沒有什麼會改變
就像一個糊里糊塗的玩笑
一首終究沒有人懂
以為看不到盡頭的詩

我們終究是走下去了，低下頭
數著磁磚，穿著袖子有點短的外套；
生命有時會突然忘記自己的語言
在汪洋大海降臨的時候
提醒自己撐起一把深色的傘
打開以後，你說裡頭怎還是黑夜呢？
你忘了其實這代表馬上就要抵達黎明了
日子吹堆成雪，我在蒼白的房間裡

再次度過一個聊勝於無的下午
看著日出、日落
等著汪洋大海降下城市。
我的房間就是一個方型的盒子
輕扣舢舨，在時間的海裡飄來盪去；
我想起父母告訴過我擁有一個屬於自己的房間那天
盛大的將四季的衣物平鋪在自己的床上
直到蔓延地上，就像填滿海的泥
我從此帶著每一個方型的盒子
不斷去旅行，有時想不起自己那晚驚醒的模樣
忘了自己身在哪個盒子裡

手無寸鐵的橫躺在盒子裡
慎重而規律地轉動
唱著同一條掛在嘴邊的旋律

霧社櫻

你會如何用一句話
為這塊土地說故事

為了找尋答案
我準備開展一場壯闊山河的旅行
當生命在清晨甦醒
晨起的陽光就像母親輕輕拉著孩子的手，

當春天的風聲吹過
沿著遊人熱鬧的笑聲
將山間的時光炒得響亮繽紛；

為了找到那一條路
用心指認手裡的地圖
低頭對正方位，開起自己的雲端
才發現島嶼四周環抱的海洋
就像天空畫上的藍，那樣豐美而悲壯

陽光曬得我汗流浹背，在背上
蔓延出一張歲月的路線圖
所有的風景都美得像
最初被發明的第一句語言

白雪漫漫的風景就像沉沉低訴：
當你有不了解這塊土地的時候
請低頭感受，在歷史裡的洪流裡
那最深沉的呼吸。

我們應當彼此了解
一同呼吸，一同用心感受
春花盛開，彩橋橫空
讓瀕臨絕種的標籤撕去
學習認同與包容

一位青年藝術家的畫像

——致七等生

——坎伯（J. Campbell）：「夢是一個人的神話，神話是一群人的夢」

那只是一枚盛滿影子的空瓶吧
那次的畫展，我看了。有許多可口的水果
在那張空曠的紙上，比雪的指尖更輕盈更有理想
還有各種形狀各種口音和不同被誤譯的口味
例如好多好多的美國蘋果、吐司、水梨、金蕉，還有
一枚連特價標籤都不起眼的小黑瓶——在那座空曠的
城市裡，比病痛來的還要匆匆，時間
緩緩穿過，你
穿過的雨。憂鬱的癌像

那夜像沒有靈感的
寒夜；沒有口音的
雨，現在沒有住址也沒有門牌了。

你的黑眉毛上，善於打呼的灘岸
再來，把島澆熄在胸前、稿紙上，爬滿的蕈菇
淹沒那股氣味、睡意，如蟹足
爬行，應來的海嘯深處
比深夜還遠一些……簡直是不可理喻。
就算雨

有靈魅的舌頭，夜
是流淌的海。
過境這樣的雨季，我們應該都要有
各自去肌腸轆轆的情緒

脫隊的夢境，滴答滴
答滴滴答，書頁都已經笑得荒山遍野

那列車上的老位置，你一直淌在那裡
與那場大雨過後，不斷被打包的
集眾滋事的房間，窄短的床上還留下一封
簡短的小說風景：
你整天都在屋頂端裡逃竄，其他人等著時間
靠岸，都將勢必睡去，等著醒來的另一個夢

「這世界就是因為找不到真實，才值得活下去。」
手機裡終於沒有還沒滑開的罐頭簡訊
列車剎過時光的海
你是否能想像，在這個時代，
我們把話，都遺忘在指尖

削開了傷口一邊歡唱——隆地隆地
攜帶彼此的兩個名字，
每天都在重新瞭解我們

• 台灣作家七等生以特異而陌生的文法，《我愛黑眼珠》大量處理「現實」與「理想」世界的衝突，廣泛引起文壇的討論。小時候的七等生，便曾有次在上素描課時，因不想與同學爭搶素描靜物的位置，遂獨自背對著大家畫出一個小黑瓶，事後遭到老師嚴厲的懲罰。

牆角的草，偎在夢乾裂旁邊

——致某榮民眷村

一、

一組夢境，被脫離的
容器，乾枯的盆花
一句他人悲傷的理由
經已坦白成一句事實，切開
過去的時刻，在充滿雜訊的
宇宙裡，兩三句夢
活出現實的我們

二、

馴化時間，填滿每一格
不斷摺入故事剪報
把歲月夾進本子，壓成
對稱的兩邊。
偶爾整理日常
在昏昏欲睡的下午，摩擦的
扇葉滋滋作響
像是年久未經探望的眷村
穿越海峽，穿越葉尖，穿越
如時間般厚厚的一扇門
裡面是現在對坐的我們

三、

所謂幸福，在寧靜的房間內
時光幽幽流過
你仔細找著收音機上的刻度
上面的數字已經模糊，
就像那些活生生活過的青春
模糊又模稜的回憶
不論如何，都想找到一個清晰的位置

想著一望無際的夢
想著再回到房間
吃一手太太煮的熟悉好菜

想著記憶，如果總是

為了讓明天繼續，找著時間的
刻度，在山坡高低的夾角處
土地的呼吸充滿時間
如果總是，在被意識前便已存在

• 某位於山坡地的榮民眷村。早年供榮民入住，但當時生活機能欠佳，經常有缺水斷電等問題；一到選舉期間，由於眷村國宅人口眾多，人人握有一張選票，卻成為選舉時參選人紛紛造訪的兵家必爭之地。

時間是河豐盛成與你一次的對望

在連假前的晚上，月台上的人潮
等著列車駛進，像條長長的拉鍊
貫穿的人潮，拉開了時間
緩緩拉開，習慣是鬼，托育著上
下課或上下班的慣性，還有
即將狂歡的人群：兔女郎、
鐘樓怪人、國父孫中山，還有我，
一個化為音聲的海，等人
狠狠濺過的，沒有聲音，一個
宇宙，一個什麼沒有的，我

潮起潮落，等著特急線列車緩緩駛進的
我。下一站：
時代廣場、東京鐵塔、中正廟，
一個手舞足蹈的我，一個什麼都有的宇宙
在一張相片裡，在連假日的夜晚，
打開發亮的窗口
我以為

世界看見了我

滿城的山，還有站滿時間的人

因為你的離去，我生起了滿地營火
一個人，舉杯慶典，跳一隻舞
繞著滿城山火，也把所有屋子的燈都打開
儘管今天沒有月亮，只有湖邊徘徊的鬼
沒有面容，左右徘徊，
等著月光照映才生出臉龐的稜線凹凸
又因為月光離去，成為一尾尾沒有五官的鬼
偽裝成樹，等著我們在林邊呼喚彼此的名字
與我們交換名字，交換身世
一條河，波光粼粼
飄盪著沒有五官的幾顆頭，滋生的水草

讓看過的人坐困危城，不對
那只是幾顆圓潤的石頭
還有一些離去的頭髮遺留
慶祝人們的離去
把自己的表情刻在
石頭之上，有太多人

沒有什麼，而什麼都有

我慶幸能夠在自己的床上安穩睡著
這個世界的戰火不曾停歇
沒有人停止逃跑，面對飢餓的野獸
好吧，睡著其實跟醒著沒什麼不同
或許有天我能夠在泥土裡安穩睡著
用早已挖空的瞳孔，看著腐花殘肢
祈禱下次醒來的時候，沒有什麼
身上爬著的是上輩子的夢

我慶幸能夠在自己的床上再醒過來
好吧，有沒有記得其實沒有差

當我醒去的時候不用特別開燈
這個世界就是這樣子
不上不下，而什麼都有

社會運動百年速寫

肉體都終將面向死亡
而我們能夠用什麼樣的意志
來支撐我們的生

是誰讓我們的身上帶刺
儘管那天，滿天飄下的燐火
曾燒響這個世界

但這個世界依然沒什麼道理
時間一圈又一圈，
圍起了與外界的距離，圍起了

我們是是非非的立場
是誰讓我們的身上帶刺
讓我們咬著牙，挺起腰桿的活著
等世界能活到讓我們清楚寫下的模樣

等著清晨翻開的第一道風景

盤腿坐在床上
在天氣燥熱的夜晚
只有風扇轟隆轟隆
想著，閉起眼
默讀昨晚的畢業典禮
在夜間列車上
——轟隆轟隆
風景不厭其煩的從窗外進入眼底
充滿各種時光
想起各種即將離去的文明
用手機、記事本焦急紀錄下隻字片語

順著窗外的燈光劃過
眼前一道又一道
吉光片羽，
不斷刷新眼簾
用指尖撐著額頭
倒數即將抵達的時間

告訴自己各種不需焦急的理由
不留意地闔上眼睛。
盤腿坐在床上
床板開始——轟隆、轟隆
搖晃，突然
想起那趟未完成的旅行
自己不斷越縮越小
最後駝成一個黝黑的小逗點

二 遷居以後

最甜的夢境

你仍記得回家的路怎麼走嗎
那些你習慣的
瓶瓶罐罐我始終沒動過他們；
那部陪著你早起的收音機
我已重新加深記號，
在你最愛的叩應節目

我知道你害怕自己一睡不起
拿著手機吃力地想喊出每一個想見的人：
在模糊的記憶裡，剩下殘存的
姓字，而大多先離開了。

房間空空盪盪、安安靜靜
靜得只能聽見日光燈的電流聲
就像那條通往往年的路
將生活成為慣例，重複的故事
講著一遍又一遍——
算數自己跳過的戰坑壕溝
開始想起被審判的未來，
日子的痕跡越來越淡
偶爾像個孩子
在牆邊抄錄幾條孫子的詩句
念念有詞地希望
召喚回兒女成群，相親相愛
坐在電話旁等電話響起；
然後又孤獨的自己睡去
聽著叩應節目，在客廳的老地方

直到安妮再將被子披上
你越來越瘦弱的身軀
針孔不斷加深記號，
就像與孩子間不留餘地的爭吵

你仍記得家邊最初的街景嗎
在孩子還小時，
帶著他們去雜貨店，人人一瓶可樂糖罐
微笑成為最甜的夢境

問石

——任何的政黨國家大事，都比不上片刻在病床旁的寧靜時光

一、

等著你醒來，等著你
拿起手機後所打開的第一封訊息
已經靜靜躺在那裏了

那是在你熟睡時偷偷輕放的
一個笑容，足以讓微弱的光
暗暗亮起
就像我的脆弱，

那種手無寸鐵的堅強

削去齒輪的崎嶇
讓自己能適巧地嵌入身旁的齒輪，
於是剪去頭髮
試著讓自己輕盈

儘管我們再怎麼做
也無法預料這個世界
下一次不經意的震盪
接著
撕去窗簾
讓每一天的黑夜與白天
徹底地淹沒房間

再也讓我們認不出彼此
懸而未決的臉

二、

躺在地上，弓著背
想像自己成為銀河裡的一道星座

我們總是費盡心思在填滿
試著讓自己的存在被認同
有時被積滿的時間困住
比如日曆裡的格子，
於是把自己藏得很深
藏在生活以後
就像是黑到深不見底的馬克杯

你慢慢將黑咖啡倒入
一個宇宙，
丟幾顆冰塊
填補兩個人透明晶瑩的聲音；

或多或少，我們都曾以為
彼此可以推動世界
讓時代為自己轉動的遠大理想
最後都丟入漩渦
或許世界太接近我們了
近得彷彿一眼就要看穿

三、

我們總是費盡心思在填滿，
為自己的靈魂，
為人與人之間不斷堆高的稱謂與寒暄

而這座城市已經不需要你再來寂寞
可能我們還是在作著不怎麼適合我們的事
讀著不適合的書

儘管有時還是覺得走不下去
脆弱是一種手無寸鐵的堅強
在房間裡，看著窗外——
旭陽升起、夕陽落下，又有人老去
用訕笑的話來為不好笑的玩笑粉飾

你是不用回頭的路
我們開始把自己藏得很深
再也不需要那些需要說出口的語言

等著你，等著我醒來

以為就要暖起了

以為就要暖起了，
把厚重的衣服一件件
放進衣櫥，
所有的事物看似就要擁有全新的開展，
就像一道未知的謎題
跟著生活，
慢慢走近我們

其實我們都了解，
所有的事情總有結束的時候

面對難解的問題，
我們不是無法面對
也總是能牢記對方的好，
但這些才是最殘忍的刺
在每一個呼吸裡
沒有辦法作一個理所當然的自己

我們不是無法面對，
而是無法面對問題後面的自己
就像點了一杯連鎖咖啡店所加太多冰塊的黑咖啡
在等著融化的時候
不知怎麼開口的自己
自顧用吸管往杯裡不斷攪拌
把所有的問題都丟盡漩渦裡

以為天氣就要暖起了。
只是在杯底濕了一圈

光在城市的片段

最後這一丁點雨，越走越遠
落在另一座城市

你拿了在信箱裡的報紙了嗎
咖啡在桌上，微熱不加糖
我們都是不善於說謊的人
打開電視，照亮空間的四周。
有時候害怕天空再次亮起
寧願把帽子戴得很低很低
害怕時間的指認
即便根本從沒有人在意

那四周的黑
就像我們都曾追尋過的，存在的意義
滴答滴答
越走越遠，成為最後這一小點雨
落在另一座城市

被日子養成習慣的

你皺眉的時間越來越多了
把臉都皺老了，
雖然還是愛笑
更多時候像是被養成習慣的

有些事情依然是那樣的脆弱
不容多說一句
那梗在心頭的一句話
時候到了，就讓他慢慢走遠

就像是每天清晨下樓

在巷口就能看到不可避免的陽光
灑在路上，那些輕微浮動的情節
看著你遠遠走去
那道我始終被遮住
而看不到的那道傷口

像是什麼都從未發生

那些日子一溜煙的小細節

在我所在的城市呀，
一到假日，附近的街道都會清空

安靜的陽光就像靜靜地躺在上面一樣
於是我試著不斷讓自己忙碌
把自己的桌面，建得越來越高
透過窗口望去
這條經常經過的巷子就會越來越長

那些我以為的，可能你不會這麼樣說
或跟我那樣子想的

我不斷穿越著這些想法
並穿過那些如薄霧的聲音
穿過我們討論一次次
關於那些生活的小細節：
有時敷衍讚美身上的那件新買的手套、
新的刺青——
圖騰是一隻鹿，一隻在如常的夢上行走
如薄霧的每一步

他試著讓自己不要回頭
一路走到巷尾

終究我們一起老了

終究我們都一起老了。
家裡的擺設還是沒有太大的改變
有你喜歡的模型，
還有在日曆上填填寫寫的
新年新希望

還有偶爾那些忍不住氣的撂下一句話
以及不斷的懺悔，與來不及的後悔

沒關係的。真的
這些都是家人，以及有時候

不小心遺忘的家人。

書櫃裡的小說我還留著
足夠讓我想像
你在翻閱每一本書的記憶與時光
直到你這次預先一步的抵達；

還記得上次你回家的時候嗎
我們圍在圓桌前吃飯
一樣的配著新聞來開啟話題
你說上次在夢裡，
看到我在客廳裡穿來踱去的模樣
沖一壺熱茶
將一盤盤準備好的材料
倒入炒菜鍋

你喊著我，我聽不到
最後撿起在洗手槽邊的一方小肥皂
與自己一起放入在紅光火焰裡

終究我們會一起老的。
家裡的擺設沒有太大的改變
你的房間就是宇宙裡的星球
哪怕在漫漫深夜裡，這裡依然點著燈
等著下次你回來
我們陪著你，讀入小說裡的每一道句子

日常行李

整理日常的行李
恆溫，所有帶得走與帶不走
的開始漸漸忘了一些恆久的事情
在城市裡，那愛的人與被愛
的人。穿起鞋帶，繫好每個細節

聞到天空裡微薄的高山茶
今天天氣晴朗。適合走去老車站
站在那裡就可以
感受到時光在搬運的氣味
而日子依然安放於軌道上

在座位中側的人潮
在節慶裡擠兌
收攏成一句含苞未續的句子
還有一格一格的窗外風景

會有一班航線劃過天空
或許，我們不知道
什麼時候會有，或是
有什麼

我說我偷偷換了習慣
卻突然想起你慣於使用的字彙
眼鏡、還有曾經可能
離你很近的距離
有時候，不知不覺

必須讓自己尷尬的走在一條橋上
非得過去不可。
儘管在前進的時候
有千百個不願意的理由

但為了讓自己走下去
就又生起
千百個阻止那些理由的理由；

於是在前進的時候，穿透午夜裡的
寧靜，
不知不覺
暗幕已經慢慢透亮。
好像這個世界

只有自己還醒著

才驚然發現身邊已有車子開始穿梭
人聲、鳥聲紛紛在一瞬間都醒了
就像一場魔術。

而自己終究還是在那個地方
過了，就過了
一切應該就好了
就像千百個不被拆穿的理由
在蓋好一座城市以後
他開始睡不著覺

回到自己的房間，把走廊的燈都關掉
房間的燈，也是

自言自語。坐在地板上
拿起散落一地的畫筆
盲目的在地上
留下自己身體的形狀
還有生活中那些來來往往的
足印，像一隻靈活的貓
弓起背
知道敵人來了，遠遠聽到
來自遠遠的
從門外交織的樓梯；
其實什麼都沒有，
就好像我們一再節制的濕鬱
凝出一個房間

試著在房間裡找一個缺口

讓自己走出來
那些曾經畫的所有線條
總被自己騙過一次又一次
直到放棄一切
躺在地上，弓著背
再次想像自己是銀河裡的某道星座

好久不見

嘿今天的你好嗎
很久沒問這句了

忘了上次是什麼時候開始，無話可說
生命突然忘了屬於自己的語言

在那之前，我坐在咖啡廳的窗前，
不斷準備巧遇的姿勢
學著慢慢習慣靠近排隊的人潮
欣賞日以為常的風景；
儘管有時仍像斷尾的魚，格格不入

在擺尾的時候
仍有幾個嘴角顫抖的時刻
握緊拳頭，仰起頭
吐幾個白色的泡沫

在大海降臨的時候
撐把深色的傘
打開以後，裡頭就是黑夜
意味馬上就要抵達黎明了

如果我能夠等我老的那一天

如果我能夠等我老的那一天
在曾經脆弱的夜晚之前，
泡杯熱牛奶，老了可能喜歡吃甜點的，
丟兩顆方糖，噗通
缺了兩列門牙的嘴笑著
曾經以為看不到盡頭的日子
都走下去了，如果我能看到我老的那一天
才剛剃光的頭髮，幾根銀芽著急地
探出頭仰望青春，仰望
隨著皺褶的身體帶上了床的夜晚
話越說越多，於是弄了幾株盆栽

放在窗前，每天跟他們說說話
說說等老以前的每一天
如果我能夠老的話
如果能等到那一天的話

披頭散髮的日子啊

在昨夜的夢裡。我是沒有勇氣醒來的
一隻翅膀燃燒殆盡的蛾
困在蛛絲網上，看似錯縱而輕拉就斷
其實不是這樣的，
也不總是這樣的

就拿那條日復一路的路來說
串連的目標點與出發點之間
像那隻在鐘面上拍打翅膀終將燃燒殆盡的蛾
表情滿是荒蕪，雖然日子是精彩而多彩
是的，多彩的蛛絲網

我低頭一看，自己身陷在網上
但我不是那隻蛾
而是擁有毛茸茸多腳的蜘蛛
還沒困住獵物就先困住自己的足

在昨夜的夢裡，我躺在床上
我是沒勇氣再度醒來的，
夢到自己化身成人，
在交叉而血脈賁張的路
找著自己的網
生出了翅膀，靠近炙陽
讓自己燒毀

嘿，我在

之一

我願作條暖暖的河
緩緩流過你身邊
不必刻意停留，
只要累到整個世界彷彿要壓下的時候
還有個地方，
還有個安靜的角落

往上走，你可以走到稀無人煙的山路
當風吹過，樹木輕搖

我知道總是那麼難以靠近
一切黑得可怕，
還有那些陌生的聲音
閉上眼，讓自己化為宇宙
所有的星辰都將流經彼此的命運
不必刻意停留
一定還有個地方

之二

到了即將深夜的時候
鋪好棉被上床以前
先收拾今日生活的碎片——
破碎的心，破碎的電話鈴響，破碎的隻字片語
那些來不及說完的話

與後來想要補充的事情
拿起梳子，走到鏡前

請讓我靜靜看著你三分鐘
突然發現你有點老了，
眼角多了幾條細紋
多了幾根白頭髮，
但你似乎有什麼不同

嘿我們似乎都背對著時間的海
夕陽西下，拉著微笑，
走出不一樣的路；
有太多話我來不及跟你說完
又或許，終究不知道怎麼去說

請讓我靜靜看著你三分鐘
用我活過的歲月，
在臉上的痕跡
努力告訴你自己的故事
希望那天，你能聽得見

致泰瑞先生

我認識一位朋友，
每天他在睡前，就開始面對敵人
穿著敵人的球褲，冥想
明天的球賽，制服對手。

生命中有一種徒勞的美，
不斷地追尋終究無法獲得的獎賞
儘管獲得各種讚賞，
那確實刺進我們軟肋裡
最深沉的痛點

我那位朋友，輾轉反側
從西岸到了東岸，
差點就被世界遺忘
細數他的壯舉——曾是坦克旁最有力的砲台
還曾上了火箭、駕馭著雄鷹翱翔
後來闖進鹿林中，依然
做他所擅長的事

雖然人家說他老了
上場奔馳的時間慢慢少了，
指派他的將官還是曾經的盟友……
不管如何，他仍然在做
自己最擅長的事，
從睡前就用自己的方式來工作

儘管沒有太多人知道
他在上工前所有固執的努力與
令人莞爾的迷信，
都是來自對自己工作裡
最深沉的愛

日常組合

不論在什麼樣的年紀
我依然這樣熱衷於拆解與組合
例如拆解生活，慣例性的走下捷運站
回頭等著熟悉的風景撞上
但是其實並沒有，時間太快
明明我們的腳步也很快呀……

因為我們並非同一個向度的；
走進早餐店：兩條培根一顆蛋
順便平鋪著每天早起後的日子
剛好熟就好，早起後我們都不要太清醒

以免發現離我們所嚮往的
越來越遠

所以我開始練習組合
在同一個地點裡，將不同記憶點的事物
通通拼裝在一起，在同一條路上
自己走來走去，來來回回
不論在什麼樣的天氣
努力地走，希望把自己的靈魂也給踩進道路裡
不要那麼輕易讓人看到
那是危險的。所以必須等著每個人都睡著的時候
背著他人的目光，偷偷從床底下拿出屬於自己的玩具箱
裡面有變型金剛、跑車飛機、順便還有幾隻洋娃娃
好來成為一位偉大的編劇家
不要那麼容易被人發現

不論在什麼樣的，而我們留下著
是我們必須留下的
例如你想說的，有一種東西

好吧有時候生活沒想得那樣困難
一邊啃著麵包，一邊騎著車
走下去就對了
不用管明天會變得如何
不斷把走過的路拉長
累了就拿出背著的吉他，
把今天的故事拉長。
把習慣問候的話盡可能拉長，
把鋪滿瞌睡蟲的床
也拉長，努力耗盡靈魂

作個鬥志滿昂的人
一口咬破剛起床的陽光
但口袋一邊總是破了洞的
好吧生活其實也還是沒那麼容易
有太多的難題等著解鎖成就
居無定所，生無可戀
開窗又是漆黑的海
讓整座城市都靜到睡著

小精靈在白日夢後方的小房間

這世界太過龐大到我想遺棄一切
把一切擱置在背後，
好像有一個簡約的房間
那裏就是我們的宇宙
日出日落、歌舞昇平
時而有俐落的風吹入

儘管如此，現實的生活
卻經常使我們難堪
舉起手機也不願觸發任何一個來訊
將每一個使人出戲的渺小希望打包

成為白日夢的小精靈
歌舞昇平，日出日落
那生活太過專一到
我想擁抱一切，只期待有人能告訴自己
沒關係的

喜歡去牙醫診所，不喜歡看牙醫

糖果告訴我們，
不可以吃太多牙醫
在這段一個人的日子裡
這些都經常讓人悲傷得眉飛色舞；
其實已經沒有甚麼好或不好
但如飛的日子啊
依然用掛起的鐘壓垮了那面牆

或許睡眠是一個相對輕盈的姿勢，
喬好重力
找到一個適合身體被擺放的位置；

天亮後或許被再度喚醒
一個記憶適合被擺放的，
相對於深夜裡的重力而言

匿藏在我們難以發現的碎石礫裡頭
那面掛滿糖果與牙醫的牆

一屍到底

在一大片喪屍還沒席捲而來時，
坐在一輛無人的列車，
看出窗外，微微反射看到逃離身體的手
背著生活的意志，
離開自己的左小臂，
以五指為足，一點也不吃力。

我用右手掌試圖抓回自己的手，
並且狠狠咬了一口肉……
鮮紅的灑在眼前的風景
接著不斷分裂出更多的小手掌

我不知道是不是該瘦了
——致2018年公投後

我不知道是不是瘦了
時光敲打骨節。提醒季節
那些該走的細節，
面對世界滿滿惡意
想再多一句的問候

結果無人等候
心事一一爬上眉頭
午後充滿沉默
挑選服裝，預備擺放在相框裡

不至於過季。或許
再多一次的嘗試

按入指紋
那些還沒拆去的信封
那些只能在他人的口中探聽
關於總總
僅僅如此：期盼有人等候

許願的夢匯聚成空洞吞食的火實

在悶熱的地表下，豢養著一群類比人類數量的蟲
當其他生物作夢的時候，牠們會悄悄來到身邊
吐一層薄薄而透明的絲——輕輕包覆成繭，抽取夢境
當被察覺而驚醒，他們早已吸取
生存的養分。他們特愛的，是在情緒脹滿時
在每一寸肌膚冒出的第一滴汗珠
牠們總是拉長老臉，迫不及待地俠盜
但是我的是有瑕疵的
夢，總是如此。每當我發覺這些蟲出來活動的時候
躡手躡腳而一路追著這些蟲：從城市邊緣到橋邊
他們化身成濕滑的青苔，讓我華麗的摔下河

就此就變成擁有一雙尾巴的魚面人
日以繼夜地拍打
打回人形，再等著下班做個幽微的夢
將我送回故鄉

病床邊的夜晚

最近的雨，下下停停
我知道你仍醒著，在開始沒有編號的夜晚
走下劇場，拔掉所有儀器
是否有時也會感到孤寂驚懼呢
然後又在一個熟悉的清晨醒來

在書上一行又一行歪扭的字
像你活潑的抽屜，野草叢生
光笑聲就能躍動整座森林
最近的雨，下下停停
我知道你依然醒著

喜樂知足

或許依然是過得不好也不壞
可能是慢慢老了
身上的年齡駝起背，彎下腰
看著新聞，跟著害怕越來越多的意外
什麼都惹不起了

我知道，這陣子梅雨季
天空始終沒有亮起來
窗外的天氣依然年久失修
日子依然過得不好也不壞
駝起背，彎下腰

用手拖著下巴，
把嘴角抬起來一些
沒什麼不好的

三

困境

困境

在例行的午餐時刻
碗筷兩雙、茶兩杯，還有一個人挑食
常常在藥還來不及吃完的時候就來到星期一，
特別值得披頭散髮的日子

有時被困在候診的門外
日子像壞掉的罐頭就算了
醫生一個接著換過一個，
我蒐集每一個看我的眼光
對於沒有辦法改變的事情
看起來像難以抵達的遠山；

那裡的孤獨比我想得還安靜
選一個天晴的時刻，
帶著塗滿鮮黃奶油的吐司
相對於佔據著身邊躁動的一萬種眼珠
和繽紛而躁動的細菌
把你想知道的通通說給你聽
我知道故事有些不是那麼好聽
也不是總能找到適合的醫生

不要去避諱每一個發生
就讓生命不那麼柔順的擺平我們
在房間外面，我們什麼也不是

沉默

一、

我的腳步是釘入土地的針
每一下都是沉默的
刺探，不論世界是如何快活
我的病是不會好的了，我知道
不是任何人說了算

我們究竟是孤獨的
有人化為海，也會有人
化身成睡醒就忘不了的夢

這些是真的

二、

而我們都是會長大的
我想作你愛的事
證明自己的存在

在冷氣出風口邊所凝結的水珠
像是在沉默時所準備張開的第一句話
每一滴落下，
夢遊的人離開被寫滿的生活
而你可能那樣的愛著我
都不妨礙這些事實

三、

坐上邁向中午的捷運，
趕不上正常上班的作息
耀眼滾燙的日光在我的背上
像是被釘入的針；
我蒐集身邊的目光
他們這一刻的夢遊
車廂地板成為一座大海
我不再睡醒，
就此眠貼在窗外看進的風景內
將日子輕輕拐到你的身邊
那不會是真的，沒說出口時的莫非定律
在大雨的時候不要再躲雨了，就衝出去跳舞
像飛蛾那樣撲向閃爍在街道上的霓虹燈，

燦爛地燃燒生命
讓自己的灰燼匯聚成沉默的海

在大雨的時候，整個世界匯聚成海
一望無際，你會發現將會有人坐在舟上，
盯著發光的風景，不斷在黑夜刷白，
點出一個又一個的頭像：
能期待在其他人的身邊
為自己找到一個生存過的痕跡

又或許，他會在星期五的夜晚，
帶著一對碟子跳下岸
然後再抓著煙囪爬上來
把各種打撈起的耳朵放回碟子上
找一對長得像自己的，
即便這輩子活得連自己都沒感覺到活著的

風勢

不知道雨什麼時候停
縮身將陽台邊的盆景
調整排列，調整色彩
調整我們夜以繼日的呼吸

你走過我的時間
你想重新排列季節；
植栽已經生得密密麻麻的
細節偶爾遮蔽夢境

有時你的問候

是問，曖昧的撥動風勢
煽動著雨聲
我在沉沉的呼吸中睡去

我隨手拿起一張白紙描摹起
窗外的細細麻麻的雨景
以及陽台邊的盆景
店裡的問候是問——
我們保持著適當的距離
像剛成形，卻又消逝的雨勢

曾經有人在這
不知道雨什麼時候再來

指癒

一、

將硬幣擱在拳頭上
不必指出問題；
彈了手指
你伸出指著月亮的姆指

二、

卑微的找一個人
願意傾聽的

然後將自己的感官磨損到
能全身而退

三、

伸出手掌，遮住單眼
按熄判斷距離的視窗

說一句關於愛的咒語
像一條不斷穿越的河
走得夠深，翻過山嶺
在抵達的時候
只剩下聲音

四、

在抵達的旅途
我們經歷相同風景
為了判斷距離，
你伸出指認月亮的食指
逐一指認的星座
及他們的規律

像對號的列車，準時抵達
準時讓宇宙塗黑
淹沒了任何被意識的存在

氣味

——雨後的第一口清脆口音

突然想起那天的雨勢
當一切成為語言而牆起孤獨
在透光的裂縫裡。沖刷
如扇。所有被存在的細節
迴響在屋簷底下。掛起蟬翼
抖乾欠疚的來日，像來不及解開的
玩笑般狡獪

突然想起晾在窗外的衣服
想起原先該帶在身邊的傘
想起：那些碰巧在夢境裡

赤足跳出現實。擦肩而過
拆穿在面上匯聚的滴滴點點
地面上，傘面上，你微笑的臉上
或許從此將會刺穿心頭
成為聊無歸宿的一根針

從此秘密不必隱身在波紋裡
我們只該靜視彼此而對坐
撥弄對方的瀏海，輕輕划過
那累積的窟窿，模糊的
玩笑，應該是似曾相識
的微笑。

突然想起那天的雨勢
成為一切的語言

在細節的裂縫裡，沖刷
如散，所有被存在的孤獨
驚懼成恆久的微笑
卻始終需要在低窪上走過的

蟬候

——在候診的門前，等著號碼流動

我們在午餐後聊著細瑣的事
時間蟹居於此，窸窣等待
偽裝成無所事事的凝滯
於是睡意接近，
我將時光攤在右手掌心
接過我的下巴
彿若等候一班空無一人的車廂
等候適切的季節上車。
我那時穿著黑白條紋上衣，條理分明

但現實是能讓自己義無反顧選擇的

越來越少，
少到亂撞的小鹿變成老鹿：三三兩兩
撞起門來，輕到幾乎聽不到被敲響的聲
只好努力曬老，暖在生活中
是夜深寸長時
一丘曠野的金黃麥浪
找著再熟悉不過的詞彙。
習慣般刷走時鐘走過的刻痕

而最近我們已經不太去說遺憾了
你說我們沒有時間再去哭泣
例如有時在屋內
溢進來的陽光像充滿希望；
不如肩起草綠色大背包
嗣後扛著一生想望的壯遊理想

在手機上划著：劃開一輩子的地圖
在已經走過的陵丘上
找著那些最好的，

我們的時間來得正好。
已經活得如此委屈。當好某一種被希望成為的人
偶爾腐爛。偶爾失眠。偶爾匿藏在顯影之外，著根

滋味

——容不下，及帶不走的

現實中，我們都有一口難以訴出的苦
像不容易被找到的根鬚
潛藏在我們走出的路裡
規律的走遠，規律的成一座山。

我們滿懷心意的聊天
不斷堆積，不斷重疊
填充著在名字底下的意義；
我們曾有豐裕的力氣
圍坐、對視，生火，我們跳舞，作夢
我們踩踏，反覆鎚鍊

那些需要挺直的背脊

不知不覺就走到這裡了
一部車踽踽駛上筆直的斜坡
空中滿佈著沉鬱而規律流動的海
彷彿一輩子與自己對抗的縮影
而半部的陰影，
籠上前方的山脈

你走到我的後頭，暖暖的抱住了我
走到不知不覺：大海降下
我們前後佈滿了路網。
匆匆告別後，看著你的背影
「最近我們的遭遇都有點不太一樣了。」
我們分別尋覓遠方

沿著最黑的地方走下去
直到你耐心聽完最後一段話
我尋覓一個沒人能找到的地方
走進山谷裡最深

信任

在夢境邊，突如亮起的螢幕
像窗外亮起的白天
不願醒來，我用手掌擋住雙眼
只願看見自己看見日子的樣貌

回到遺落的片段裡
回到鐵皮屋所搭起的一個棚子
幾個熟識的朋友
聚在裡頭吃著粥
那裡或許沒有知覺
沒辦法感到痛

但我卻在裡頭感受到
曾經在那樣的人情所帶來的
溫熱與濃醇，像那些都是臨時
所吆喝的。但已都不在了
時間不站在他們身邊
我也不再在他們旁邊

醒來後，有種夜裡雨水掃過的潮濕
緩緩爬起床邊
繞過不斷堆積在房內的包裹
蜿著只剩一條小隙
一切並不難。
我抖了抖身體，卻減緩不了
我的身體開始降雨
最後讓所有人都輕易的相信

示弱

在等著夜醒來時。只願自己是宇宙最獨處的
角落。或許總對於生活滿懷希望
依然有太多失望的理由

在那些睡不好的夜晚
用手指點著螢幕，點亮宇宙
接著一點一滴敲出最近的情緒
最後還是吞回。刪回
到第一個游標。輕易的被束手無策的問題
所擊倒。我們都瞭解
我們都不是如此脆弱，

卻需要一些脆弱的時刻
能夠悠乎乎的觸抵夢境
看著自己從鏡子內穿出手腳，所有的身體
回到熟悉的冰店——
那些熟識的地方（儘管我們都知道
所有、我們，都不同了）

那就打開雙手，用力扯下衣領的拉鍊
從自己的心開始，拉出一條鋸齒的長路
如同不斷拉鋸的人生。

一邊取得平衡，一邊前進

國界

——致妳

在高低起伏的風勢
在心頭滴了下來
飄移，陰影，緩緩覆蓋成
你那些說過的
句子，狹窄的田間道路
只容一輛車通過
就像我們只容得下的

——看著遠方即將降臨的大海
空氣突然有股遠來的泥土味
有種陌生的熟悉感

想起我淺記的信仰
轉動機車的龍頭
壓下肩膀，持續畫出一排
高低起伏的音階

像是散場以後，山頭那端
緩緩滲出光亮

通關

選一個角落，讓自己孤獨
抄錄幾條詩句

如夢幻泡影，
鈴聲率領著一排排的隊伍
不斷有人在此離境
時間在此是無盡的匯率
如露亦如電，
我們不說再見。

哪怕烈焰暴雨

撐起傘，小心翼翼渡過夢境
生命在此劃過我們的頭頂
期盼來生，把握在生

也許最後仍將孤單離去，
面對自己。選一個角落
讓人擺上相片，有生映照無生

——一〇七年十一月十四日，於第二殯儀館

病史

找一個角落。適合安放，把零落的
清晨，剛睡醒而恍惚。夾角
未曾被清楚描述的病史
隱藏。在前所未見的表情
手勢、語調，人口不斷遷移
荒穗零落，不合時宜。從來沒有

如果。不斷拉長的電扶梯
從城市的窗口穿過
推開窗口，你沒有聲響默默走到我的身後
輕拍我的右肩，我被嚇到摔出成

情節的動物；人潮聚集成廣場
不斷遷移。伸頭、驚喜、吆喝、推開
擋道的背影，從早到晚
始終沒有起身過，
用血紅的背影黏著這個角落
被風乾成一個標點符號
於是再被錯誤使用

誤指

在蒸沸的午後，
街道在我們眼裡都有點皺褶了
經常想在人群中找到熟悉的人影
可能綁著馬尾，可能留著長髮
可能我已經慢慢忘了記憶的你
或者試圖不斷擦拭屬於有你的印象

在蒸沸的午後，陽台裡的泥土
像一口古老而乾涸的口音
誤認的幾種可能發展的可能
可能始終埋在泥土底下

可能風一吹就遠方
可能我已經慢慢改掉我的印象
或者試圖在蒸沸的午後，

走進一方涼風襲來的車廂
慢慢一站一站的靠近目的
一步一步的，讓自己遠離來自
讓眼神有一個適合被擺放的位置
儘管偶爾會有些誤認而交錯而過的
幾種眼神，幾種可能發展的可能
可能誤認的背影，
拉著行李，走出門
慢慢走離自己的視線
卻慢慢想起

落漠

在躁熱的晚上，在床上翻來覆去
在只有開著風扇的房間裡
一個人在床上
作著那些很久未想起的
潮濕的夢；

習慣在深夜醒來，
開著電視翻找著喜歡的影片
（可能已經翻了一百遍）
坐在椅子上，一語不發
把雙腳塞進倚子上

讓某種魔術力量默默滋長在自己的身上

好吧，或許還會有些思念
不知怎麼默默被喚醒
但經常我們總是想說，
「算了吧，明天天一亮，一如往常
一切都會好好的。」

在夢裡，曾有那一天
不在意自己的髮型被吹蓬
濕透了衣服而向前不斷奔跑

想著即將降臨的遠方
想著曾經會降臨的遠方

位置

一、在電影播映的時間來臨前

我們抓緊時間
聊著彼此，生活與夢
——那些準備抵達的路

那是滿滿積雲的下午
每個交錯而過的人，也各自承載著
自己的難題，並且
準備抵達的路
排成一列的隊伍。

「我想知道你一切都好。」
或者，
只是想聽到你說你一切都好

二、入場的電影院自從將門關起以後

眼前像是撲向我們的海
在海上，用眼睛點起幾根蠟燭
把夜照亮，
你是那樣暖得值得活得更好

想起你說到尷尬的事情那淺笑。

剛剛結束的一場電影
每個人都已經散場

你卻留在門口。

仰望外頭已經下過暴雨的藍天
這陣子你將近無話可說
側身翻過兩三個胸腔
但不對啊
自從遺失脊椎以後，
你忘記起身的姿勢

一如窗外細密的雨水
像一張充滿困惑的
網，緊緊抓住牆角
稍微露出
虛構綿延而出的痕跡
虛構一兩件失望的事情

無話可說，讓給需要的人
去說完雨過天青

流失

習慣的轉到那首老歌。
其實即便沒有聲音，
自己依然能哼出旋律
再從煙盒裡拿出最後一根香菸
碰撞桌面，碰撞
那些岔出的時光

儘管有時還是想不到
自己怎麼就這樣走過來了
——用力轉動龍頭
好像一切的路

都在我們的掌握裡。
偶爾自以為的
跨越地面上的指示

直到突如其來下起雨
細碎的日子開始燃燒起來：
沒有旋律，依然能再次哼起

玩笑

你說世界即將被汪洋淹沒
要我們把夢境拋下
爬上一個又一個人的臂膀
足以讓自己活命

自古以來，這個預言
不斷在等待成真的可能
就像被擱在答錄機裡
不敢輕易刪去的那兩三句話
往著那一天：
你在那邊，我在秋天

當面否認荒唐的玩笑
也背地收下所有能買下的船

終於等到雨水降臨
你想起還曬在窗外的衣服
想起原本想放進背包裡的一把傘
想起讓恍若夢境的現實
放回在自己的眼裡

礁群

於是我用許多日子
繞過這遍礁群。
就像捷運複寫固定的路線
配上適切禮貌的微笑；
即便想起任何足以融化的夏天
想起上次義無反顧的旅行
一不小心就走得太遠，
承受我們失態的大笑。
試著在夢裡換氣

在那裡，我們有一百種解釋的可能
還有一句最真實的話

我怕魚。怕能夠好好呼吸
怕同樣在海底生活。
肩併肩，我們不斷發明語言
卻始終吐出了句點

小魯

寫好一句話是不容易的
特別是在滿懷情緒時，
別急著把話說出口

想像自己最孤獨，例如書架上
總是被討論卻少少被拿下翻閱
重重灰塵裹在表皮上，厚厚一層
好不容易有人在你背上
拍了一下
你笑得星光燦爛，梨花亂顫

特別在情緒滿懷的時候
關起燈。想起所有的恐怖片劇情
或者自拍，用手指圈出相片的角落
你會發現
過了12點，你不會是一個人
是最浪漫的愛情片

國家圖書館出版品預行編目（CIP）資料

灰澀集 / 趙文豪著 . -- 初版 . --
新北市 : 斑馬線 , 2019.08
面； 公分

ISBN 978-986-97862-2-5（平裝）

863.51 108012078

灰澀集

作　　者：趙文豪
主　　編：施榮華
封面設計：MAX

發 行 人：張仰賢
社　　長：許　赫
出 版 者：斑馬線文庫有限公司
法律顧問：林仟雯律師

斑馬線文庫
通訊地址：235 新北市中和區景平路 101 號 2 樓
連絡電話：0922542983

製版印刷：龍虎電腦排版股份有限公司
出版日期：2019 年 8 月
ISBN：978-986-97862-2-5
定　　價：300 元